KB073404

박건태 시집

# 바람의 문장

바람의 문장

**초판 1쇄 인쇄일** 2020년 03월 24일
**초판 1쇄 발행일** 2020년 04월 2일

**지은이** 박건태
**펴낸이** 양옥매
**디자인** 송다희 임흥순

**펴낸곳** 도서출판 책과나무
**출판등록** 제2012-000376
**주소** 서울특별시 마포구 방울내로 79 이노빌딩 302호
**대표전화** 02.372.1537  **팩스** 02.372.1538
**이메일** booknamu2007@naver.com
**홈페이지** www.booknamu.com
ISBN 979-11-5776-869-1 (03800)

이 도서의 국립중앙도서관 출판예정도서목록(CIP)은 서지정보유통지원
시스템 홈페이지(http://seoji.nl.go.kr)와 국가자료종합목록시스템
(http://www.nl.go.kr/kolisnet)에서 이용하실 수 있습니다.
(CIP제어번호 : CIP2020010731)

박건태 시집

# 바람의 문장

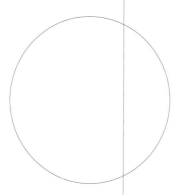

책과나무

시인의 말

○



안녕 그대여

거슬러 올라가지 못하는 날개가

가을 골목을 돌아

그대의 시간

따뜻한 지상 한 칸을 빌려준다면

잠시 머물던 선명한 자국

비 그친 오후의 햇살로

그대 가슴속 오랜 그리움으로 연착하리

# 차례

( 1부 )　　　　　　　　　　　　바람의 문장

바람의 문장

결말을 외우던 낯선 그림자 사이로

봄밤이 깊어지고 있는 난간

바람이 써 내려간 비문을 해독하려 나는

마른 꽃잎의 발음으로 봄이라는 이름을

# 거미줄

웅크리고 있는 자세는
굶어 죽을 수 있는 것들의 오래된 습성이다

공중에 던진 몇 가닥 줄이
공원 입구의 기둥을 잡고 팽팽하게
당겨지고 있다

삼각의 도형 안으로 허공의 능선 귀퉁이가
촘촘하게 모습을 드러낸

날줄과 씨줄이 바람의 무게를 가늠하고
누군가 발끝으로 전해지는 파문을 계산하고 있다
살아 있는 자들의 자유는 오랜 시간에 의해
포획이 된다
천천히 묶이는 표정을 읽으며 그늘에 든 목숨 하나
추궁하는 시간

어떤 생들이 발을 헛디딜 때마다

흔들리는 풍경


궤도 안으로 들어와서 허물어지는 목숨이

허공을 빠져나가려고 몸을 일으킨다


공원 구석에 웅크리고 있던 사내

자리에서 일어나 생사의 궤도를 밀며 지나간다

# 4월


절경은 시가 되지 않는다는

얘기를 들은 후

4월을 무심하게 지나쳤다

어깨에 붙은 벚꽃을 털어 내고

바닥에 떨어진 목련을 밟으면서 걸어갔다

낙화하는 그리움의 속도라든가

밟을 때마다 선명하게 새겨지는 멍

이라는 문장은 너무 시적이라

신발의 바닥은

동그라미

빗살무늬

미끄러지지 않는 굴곡이라 생각했다


개들이 짖을 때마다 4월에서는

비린내가 났다

물 위에 비치는 4월의 색채들

만발했던 것들


시를 쓸 수 없는 4월은

절경이어서가 아니라 비극이어서

라는 생각을 했다

# 마들 정거장

마들역 버스정거장
나사 빠진 쇠기둥 바닥에
민들레 자리 잡았다
말이 달리던 들판이거나 삼밭이거나
아무렴

버스에서 몸을 뒤척이며
불편하게 서 있는 사람들이
이곳은 아니라며 더 먼 변두리 정거장을
향해 갈 때
미안한 듯 몸을 흔들며 배웅을 하고 있다

밤새

몸을 오른쪽으로 돌돌 말면서

잠을 청했던 사람들

어떤 꿈을 조이고 있었을까

뒤늦게 도착한 버스에 몸을 실을 때

휘청, 왼쪽으로 기우는 몸


혹시나 무너질까


민들레

정거장 기둥을 온몸으로 붙잡고 있다

# 문장들

며칠째 이어지는 폭우로
우이천 수위가 높아졌다
삼십 센티의 높이에서는 속이 보이던
유유한 문장들이
급류에 휩쓸려 보이지 않는다


천변공원으로
들어가지 말라는 안내 방송


기어코
물고기 한 마리를 건지기 위해
반나절 물속을 지켜보던 새
너무 깊은 속도에서 균형을 잃는다


문장이 문장을 지우며 어두워진다

시소의 한쪽이 물에 잠기고

그네가 물 위에 제 몸을 띄우는 놀이터


의도 없이

잘못 흘러온 문장들이

빠져나갈 물길을 찾지 못해 너절하다

시한부의 지느러미가 파닥거리는

천변

# 테이블의 감정

네모, 반듯한 척하지 마세요

당신도 모서리를 가지고 있다는 걸

누구나 알고 있어요

잘 닦았다고

숟가락을 들고 떨던 어제의 감정이

사라집니까

얼굴에 물을 붓고 일어날 때

왜 끝까지 참고 있었나요

그리고 보니 모서리도 많이 닳았군요


음식이 테이블 위에서 비워지고

감정이 바닥에 떨어집니다

누군가 포크의 감정을 들고 오네요


죄송합니다

숟가락으로 충분한 감정입니다

잔으로 테이블을 내리칠 때는 잠깐 흔들렸죠

닦아도 지워지지 않는 상처로는

테이블의 감정을 유지할 수가 없습니다


다 드셨나요


오늘의 감정은 여기서 마감입니다

내일도 잘 닦인

깨끗한 감정을 준비해 놓고 있겠습니다

# 나비무늬 조끼

일일연속극 앞에서 졸고 있는
그녀의 어깨 위에 내려앉은
나비 한 마리

꿈속, 켜켜이 쌓인 지층 어딘가에
숨겨 놓은 꽃이라도 찾았는지
떠날 줄을 모른다

연속극에 나오는 옛날의 우상이 던지는
늙은 추파에
지금도 부끄러운지
꽃잎을 웅크리고 있는 그녀

오래 병석에 누워 있던 아버지를

하늘나라에 보내고

억척스럽게

꽃, 문을 닫아 버린 그녀가

아버지가 눈치를 챌까 조심스럽게

TV를 껴안듯 차지하고 있다


너무 먼 곳에 있는 사람은

안부만 확인하면 된다

아들, 며느리 다 필요 없다


문을 쾅 닫고 나가는

주인공의 대사를 들으며

눈을 피하기 좋은 꿈속

뜻밖의 고요에서 꽃과 나비가 만나고 있다

# 바람의 문장

잠시 차지했던
허공의 비탈 아래로
봄이 흘러간 무늬가 있다

우리는 일제히 사라질 거예요
결말을 외우던 낯선 그림자 사이로
봄밤이 깊어지고 있는 난간
바람이 써 내려간 비문을 해독하려 나는
마른 꽃잎의 발음으로 봄이라는 이름을
불러 보았다

아물지 않는 흉터들이며
생략된 생들이며
나타났다가 사라지는 소문들이며

검은 심장에서 길어 올린

순백의 표현이 사라지는


바람이 문장을 만드는 시간


통증의 마디가 꽃의 기억을 놓아주고 있다

# 미륵불

주식회사 미륵이

상가임대 현수막을 걸어 놨다

문이 잠겨 있는 상점

아무리 기다려도 팔리지 않던 미륵불 너머로

속세의 고지서가 어지럽게 흩어져 있다

먼 미래의 선물상품에

투자를 했던 사람들

56억 7천만 년 후에나 도래할

이익을 감당하지 못하고 문을 닫았다


죽을 수도 없는 현실의 용화세계


울퉁불퉁한 도로 위에서

누군가 업종 변경의 다른 세계를 꿈꾸며

전화번호를 적고 있다

반가사유의 자세로

시름에 잠긴 미륵불이

미완의 표정을 지으며 애써 웃고 있다

# 피아노

골목 구석에
건반이 사라진 피아노
비를 맞고 있다

한때는 팽팽하게 몸을 지탱하며
고음과 저음을 오고갔을
마디들 사이로
빗물이 스며들고 있다

음악은 제 몸을 돌아 나오는 파문
어쩌면 몸속의 통증일 수도 있겠다는
생각

단조와 장조를 건너며
통증의 떨림으로
가족을 조율했던 아버지

방 안에 불협화음으로 누워 있다


바람이 창문을 두드리다

몸을 통과한 후


툭툭

줄 끊어지는 소리


빗방울이 몸을 적시며

화음을 맞추고 있는 저녁


저음 몇 가닥

간신히 쿨럭이고 있다

# 찜질방

내비게이션이 가리키는 길을 따라
밤에 도착한 곳은 폐허다


폐업한 지 오래된 듯 거미줄에 걸려
흔들리고 있었고
달빛을 문신한 풀들은 차를 막아섰다
돌아서 가는 길
코스모스 주눅이 든 담장 밑
입구에 앉아
고전적인 풀벌레 울음소리를 들었다


내비게이션이 이해 못 하는 방향에서
아이들의 웃음이 야외풀장으로 미끄러졌고
냉탕과 온탕을 오고갔을 주홍빛 살들이
눈앞에서 우르르 지나갔다

가을, 냇가를 건너는 바람이

서운한 몸을 씻겨 주는


풀벌레 울음소리 환한 밤이었다

# 오래된 꽃밭

창문을 두드리는 소리 있어 고개 돌리면

그날의 슬프고 낭자한 이야기가

허공을 안개처럼 떠돌다 갑니다


하나의 표현이 한 송이 유용으로 호명되는 세상에서

무슨 그리움으로 시한부를 예감하며

안쓰럽게 향기를 쏟을까요


향기를 따라가다 문득 만나는 슬픔은

눈뜨고 볼 수는 없는 일이어서

비 오는 저녁 어스름에 마음을

빼앗긴 척했습니다

안부를 묻의하는 비의 얼굴은

말라 버린 몸에서 죽은 향기를 몰고 온 바람처럼

처참한 표정이었죠

서로의 이야기는 전하지 말고 무심하게 지냅시다


빨강 노랑 하양을 잠시 얻은 시절은

오래된 울음을 간직한 꽃밭

어떤 우화로 남겨 두죠

살아 있어서 힘든 거라고 해 둡시다

# 옷장

문을 열면 줄 맞춰 걸려 있는

계절의 내력들

코트는 지난겨울 움츠렸던 기억으로

어깨의 비탈을 드러내 보이며

주머니 속, 바람 한 줌을 감추고 있다

계절이 끝날 때마다 흉터 하나씩

얼어 와 캄캄한 밤을 견디고 있다


한때는 봄이 오는 길목마다

펄럭, 부풀었던 짧은 치마의 수줍은 시간들은

지금은 구석 어딘가에 접혀 있을 것이다


떠도는 습성이 있는 것들은

옷장에 걸려 있으면

몸이 축축해진다

깊어진 옷의 주름들 사이로
유목의 피가 흐르는 소리

어린 쥐들이 자라는 이빨로
가려운 생을 갉고 있을 때
옷장에서
바람소리를 들은 적이 있다

지금도 조용히 귀 기울이면
주머니 속에 있던 바람이
가슴 쪽 풀어지는 실 한 올을 잡고
천천히 흘러내리는 소리를 들을 수 있다

# 번호key를 외우는 방법

술 마시면 집 key번호를
잊는 나 때문에 아내가 번호를 바꿨다
술 그만 마시라는 말이
추상과 관념이라는 것을
깨닫고 난 이후의 일이었다

주고받는 정이 사라진 건 아닌가
내심 서운해하고 있었는데
출근하는 나를 붙잡고
살갑게 손등에다
볼펜으로 꾹꾹 눌러서 번호를 써 주었다

기억이 안 나면 꼭 이렇게 해요
시끄럽게 문 두드리지 말고

현관문 앞에서 시범까지 보이며

아내가 당부를 했다


난 아내의 배려가 흐뭇하기도 해서

퇴근길

술 마시면 집에 안 가려는 친구를 불러

평소에는 안 마시는 소주를 마셨다

내가 얼마나 지시 사항을 잘 숙지하고 있는지

아내의 배려를 고맙게 생각하고 있는지

취해서 보여 주고 싶었다


끈질기게 집에 안 가려는 친구를 보내고

집으로 돌아와

자세를 가다듬으며 이수근을 생각했다

시작

앞뒤가 똑같은 전화번호(반복)

1577-1577


두 손을 머리 위로 올리고

좌우로 흔들어


대리운전 1577

대리운전 1577

# 짧은 지린내의 시간

늦은 밤 가톨릭혜화성당 정문 옆

두꺼운 느티나무 배경에 숨어서

오줌을 눈다

질주하는 속도에서는 자세히 볼 수 없는

한 그루 나무 같은 자세로 눈다


오늘도 운동화 구둣발 머리 위로 수없이 지나갔을

어쩌다 살아 있는 민들레 노란 얼굴로

따뜻한 봄이 튀고 있다

억척스러워서 그나마 다행인 뿌리를 따라

깊어지는 봄밤은 흘러가고

지린내로 잠시 찌푸린 시간, 사소하다고

봄, 킥킥대며 걸어가고 있다

# 돌산마을 놀이터

문현동 돌산마을에는

죽음과 내통하는 아이들이 살고 있다

이승과 저승은 경계가 없다는 듯

집과 무덤이 산 품에 안겨 있다

창문을 열면 보이는 신축 아파트가

직선의 그늘을 치고 있지만 이곳은

가난을 누대에 걸친 사람들이

그늘의 자리로 들어가 떠나지 않는

봉긋하게 피워 낸 양지바른 피안이 있다

구불구불한 비탈을 따라

굴려 보고 싶은 무덤들

골목을 이어 주는 둔덕을 오르내리며 아이들은

삶이 직선이 아니라 곡선이라는 것을

진즉부터 배운다

한 생애가 다른 생애로 넘어가는 것은

툇마루에서 뒷마당으로 건너가는 일이라는 것을

알고 있다는 눈빛이다

온종일 무덤에서 다 보낸 어린 생애가

자기와 잘 놀아 주지 않는다는 투정을 부리며

집으로 돌아오는 저녁

먼발치서 웃고 서 있는

늙은 망자의 그림자를 보고

덕구는 꼬리를 흔들며 컹컹 짖고 있다

# 그리운 흔들림

봄에는 목련꽃 아래에서

서성거렸고

가을엔 은행나무 아래에서

서성거렸다

늘 나보다 먼저 떨어지는 것들에게

위로를 받으며 나는

그리운 흔들림이라는 수사를

발로 툭툭 차며 살아 있으니

절절한 거라고

옛날에 떠난 사랑 다시금 불러내

떨어지는 것들에게

예의의 자세를 취하는 척

하는 것이었다

이 가을에

# 아차산

낮은 언덕에 찍히는 발자국

기억할 수 있다


언젠가 가파른 골짜기 들어간

날 선 그리움 사라져도

뒤돌아 길 잃지 않는 가벼운 풍경 하나

가까운 곳에 두고 온 사소한 걱정

아차! 해도 괜찮은


바람

먼저 올라가고 있다

# 간이역

민락동 인적 드문 골목에
간이역 공사 중이다
하나둘 폐쇄되는 수지타산에도
하루 2회전 운행을 준비하는 퇴직자


멀리서 기차 소리 덜컹


아직 이곳에 남아 있는 사람늘에게


오래전 복사꽃 흐드러진
무릉역이나
민경이 블라우스 속
안개 헤치던 서늘한 섬강
간현역이나

부풀었던 시절

지금도 길게 이어지는 그리움으로

목을 축일 수 있는


무거운 궁핍을 챙기고

귀가를 서두르다

기차 칸칸 꼬치구이에 기웃거릴 수 있는


하루 두 번의 운행이면 충분한

# 겨울 종점

애인에게서 온 전화

침묵을 이어 주는 주파수에선
반쯤 마시다 남겨 둔
금간 유리잔 소리가 났다
정리하고 싶은 식탁이
남아 있다는 느낌을 노트에 적었다

당신이나 나나 참 어렵게 산다는 생각

본적지로 돌아가고 싶은 꿈들이
덜컹거리다
한생을 졸다가 놓쳐 버린 정류장
갈 곳 없는 눈송이들이 모여들고 쌓이고
종점엔 어쩌면 돌아올 수 없는 것들이
기다리고 있을지도 모르는

부스스한 시간이 벌판을 건너가는

계절 위에서 반짝

별 하나 떨어지고 있다

# 만년필

곡선이 몸을 가누지 못해 흘러내린다
깊고 푸른 내면이 밤을 유영하는 동안
넘어서는 안 될 것들도
별에 도착하고는 했었다

오래전 바다로 흘러갔다는 수상한 소문들이
백지에 간략하게 정리되는 시간에도
어디선가 몰려오고 번지는 해안선은 있다

갈라진 손끝에서 나오는 푸른 피

책상에서 심해로 이어지는
아득한 물살로 나는 한생을 건너왔다

누군가 나를 꺼내 들어
굳어 버린 몸에서 화석의 연대기를 묻는다면

어두운 하늘에 별을 찍어

지상을 밝힌

낭만주의자들이 살았던 시대, 라고

# 누수의 시간

이팝나무가 토막 난 숨소리를 내고 있다
지난달 폭우에 몸이 잠깐 흔들렸는데
뿌리 밑으로 바람이 스며들기 시작했다
거무스름한 기미들이 몸을 덮었고
관절이 하나둘 떨어졌다
휘어지고 뒤틀린 몸
가늠할 수 없는 어둠을 따라
물의 심장소리를 듣던 귀
소리가 멀어지고 몸이 기울었다

서로의 내밀은 간섭하지 않기로 한 약속을 깨고
흰옷을 입은 개미들이 어둠을 파헤쳐
검은 귀를 수거해 오기 시작했다
마른 꿈들이 흥건하게 떨어졌다

개미들이 고개를 흔들며 돌아간 밤


물길을 찾아 밥 짓는 집집마다

누수를 막아 주던 아버지의 몸에서

물이 빠져나갔다

쿨럭

자신의 연장으로는 막을 수 없는 기침 소리가

1122호 병실에서 흘러나왔다

아직도 물의 심장 소리를 기억하는 발 하나가

침상에서 빠져나와

수맥을 짚으며 뻗어 나간다

# 낡은 턴테이블

창문 속으로 보이는 수척한 발은
하루 종일 움직이지 않는다


서운한 계절이 문고리를 흔들다 돌아섰다


갇힌 라일락의 향기가 부패되고 있을지도
모른다는 생각
담장 위 고양이를 따라
뒤척이는 발


낡은 턴테이블 위로 내려앉는다

한때는 싱싱했을 바늘이

고양이의 내력을 읽으며 돌아간다

고음 섞인 담을 넘어

옥상에서 건진 고등어를 물고 돌아오던 지붕은

햇살이 쏟아지던 선율이었다


골목 어디쯤에서 속도를 잃었을까

판 위에 쌓이는 어둠을 긁으며

통과할 수 없는 대목에서 판이 튀고 있다


동심원을 그리며

쿨럭이는 기침 소리

창틀에 굽은 햇살도 잠음인 방 안


무거운 바늘이 발꿈치를 따라

오래전 기억을 돌고 있다

# 눈사람


골목 입구

눈사람 서 있다

허공에서 흔들렸던 시절이

있었는가, 하는 자세로 먼 곳을

응시하고 있다


길을 만들어 도착한 곳은

막다른 계절

어디로 가야 할지 모르는 얼굴이

지워지고 있다


멀리서 들리는 아이들의 웃음소리

햇살 좋은 오후의 바람 소리


모든 따뜻함은 상처였던

인적 드문 골목에 서 있는 나에게

허물어지는 계절에게

녹을 때 가장 반짝이는 눈사람에게


슬픔이 없을 것 같은 그대에게

# 문신

젊음을 가두었던 호랑이의 포효가

꿈틀대는 오후

사각 한 평 남짓의 방에선

숨길 수 없는 야성이 잡은 먹이의 몸을 뜯고 있다


지친 목을 꽉 물고

생을 전력 질주하느라 다 해진

뒷굽을 먼저 뜯어낸 후

뼈를 감싼 밑창을 벗겨 냈다


관절의 동작들이 하루에도 수백 번 삐걱거렸을

옆구리에선 검은 바람이 쏟아졌다

삶을 감싸고 있던 둥근 곡선들

드러나는 오장육부

오후의 허기 뒤로

완만한 등을 타고 드러나는 이빨


팔뚝으로 이어지는 꼬리를 숨기고

이제는 도시의 뒷골목에서

나란히 놓인 구두를 응시하는


먼 옛날 산맥을 넘던 호랑이의 눈빛으로

광을 내고 있다

# 바닥의 감정

바닥에 떨어질 때마다 아팠다


준비된 자세라는 말은

바닥에 깔아 놓은 방석의 개수


누군가를 만날 때마다

방석의 개수를 확인했다

안전한 착지의 방식이다


바닥을 박차고 오른다는 일은

새들에게나 해당되는 말이어서

높이를 재는 습관을 가지기로 했다

비포장엔 한 장

콘크리트엔 두 장

대리석엔 넉넉한 체념의 무표정을

짓기로 했다


현관문 두드리는 소리에 기척 없이

베란다 창문을 열어 바닥을 확인했다


새 한 마리 날아가고 있다

# 봄날의 시선

낙산공원 올라가는 아가씨

항아리 같은 엉덩이를 무심히 쳐다보다

느닷없이 뒤돌아본, 순간

정지된 시간에 보이는 것이 있다


이를테면

새들은 못 본 척 날아갔고

진달래 웃음을 꾹 참고 있다

나비는 기척도 없는데

모퉁이 암컷사마귀 대들려고 몸을 풀고 있다


어느 먼 수족관 관상어 한 마리

봄이면 이유 없이

수면 위로 툭 튀어 오른다는데

안절부절못하는

고요한 봄날의 시선

# 수박


지난여름의 이야기가 궁금해


두드리다 세모로 들춰 본 수박

불면의 밤 위로 유성이 남기고 간 흔적

문득 마른 바닥을 훑고 지나갔던 소나기


자신을 키우는 것들은 한여름

뙤약볕만 있는 것은 아닐 것이다

보이지 않는 약속들

점점이 속으로 단단하게 여물 무렵


새들이 앉았다 날아간 자리

울음소리로 둥근

2부

위독한 것들

심연은 떠 있는 방

천장에서 파도가 너울거렸다

물이 차는 속도로 날개가 돋는

역설의 표정을 지어 보였다

# 엿장수 가위

엿장수 가위는 예각이 없다

어느 저잣거리에서 흥이나 맞추는 운명은
뾰족하면 안 된다는 것을
먼 울릉도 오지에서도 다 알고 있는 사실이다

모서리를 깍은 가위에서
챙챙 소리를 내면
호박엿처럼 길게 늘어지는
오후의 끄트머리에서도 아이들은 둥글게 모여들고
이빨 빠진 할머니의 당부는 어느새
엿장수 맘대로 끊어 낸다

한가득 군침을 불러 모았던 오후 너머

자르는 일만이 쓸모가 되는 것이 아니라는 가위가

저녁

집 안에서 들리는 엄마의 핀잔을 가르며


모나지 않은 구불한 길


풍경에 장단을 맞추면서


챙강챙강

# 우물 혹은 우울

나는 마음속 우물 하나를 가졌는데요

아니 우울인데요

생각하면 도긴개긴

둘 다 깊이를 가졌다는 공통점

글쎄요

깊이가 우울하다는 것

어쩌면 우물하다는 것

우물을 발음하면 잠시 입술을 닫았다 여는 우울


우물우물

오래 씹어도 삼켜지지 않는 우울인데요


우울은 닫힌 몸속으로 길게 이어진

가라앉은 두레박 같은 것

어디론가 흘러가지 못하는 우울이

사소한 나뭇잎 하나에도 파문이 이는데요

어쩌나

물이 다 말라서 제 빈 몸을 드러내 보인다면

꽃잎도

별빛도 담아내지 못하는 우울은

기척 없는 주위에

줄 끊어진 두레박만 가슴에 안고 잊혀진

우물인데요

# 익숙한 순서

현관 손잡이를 당기며
열쇠를 돌려야 문이 열린다

스위치를 누르면 십 초 후에 켜지는 형광등

왼쪽으로 세 번 돌려야 불이 붙는 가스레인지
위에 주전자를 올린다

갇힌 공기는 죽어 있다는 말을 들은 이후
창문을 열고 5분 환기를 시킨다

습관적으로 앰프의 전원을 누르고
두 번 친다
언제부터인가 주파수에 잡히는 잡음

93.1메가헤르츠에서 나오는 쇼팽의 녹턴

녹턴의 선율은 현실적이지 않다는 생각을
하다가 죽어 가는 것들은 현실이다, 라는
생각을 했다

어둠 속으로 꺼져 가는 앰프
익숙한 예정이었다

익숙한 것이 익숙하지 않았으면 하는
상상을 하면서 익숙하게
잠이 들었다

# 춘화

덕구도 늘어져 짖지 않는
염천의 오후


철물점 아저씨 자전거,
마당에 함부로 쓰러져 있다


바퀴는 아직까지 돌아가고
수돗가 씻다가 만 자두 몇 알


봉순이는 심부름이라도 갔는지


봉순이 엄마 신발 한 짝
마루 저만치


작은방 부스럭 부스럭

능소화만 담장 위에서

가만히 귀 기울이는

# 라쿤 털이 달린 모자

지금 바라보는 모자는
모자가 아닐 수도 있다

모자에 둥글게 달려 있는
아름다운 패션의 갈기

치즈케이크를 먹는 소녀들이
털모자가 달린 패딩을 입고
사랑, 그 설레는 사실 앞에서 부끄럽게
웃고 있다
아름다우면 아름다울수록 쌓여 가는
먼 시체들의 오후

날카로운 손톱은

철창을 부여잡기 위해서 생긴 것이 아니다

산 채로 가죽이 벗겨질 때까지

눈 쌓이는 겨울나무와 강의 결빙을

손톱은 움켜쥔 적이 없다


입력된, 나무와 강의 길은 어디쯤


철창 밖

콘크리트 바닥에 두개골을 내리치는

따뜻한 모피의 세계

실감할 수 없는 생사의 경계에서

가죽이 벗겨진 붉은 몸이

소문으로만 전해지는

강을 건너고 있다

동료의 시체 위에

눈 내리듯 쌓이고 있다

# 유리벽


자기의 전 생애를 걸쳐 날아갔던 자리


투명의 유전자를 따라간 새 한 마리
꿈틀거리고 있습니다
오래전 기억에도 없었던 창공에 부딪혀
부러진 뼈 마디마디
다 쓰지 못한 유서의 흔적
미완의 비행을 햇살이 덮고 갑니다


지금껏 본 적 없는 투명이
추락한 새의 몸 위에
창공 한 움큼을 훔쳐 조문하고 있습니다

# 뫼비우스의 띠

우물 속에서 바라보는 우물의 밖은
다른 우물일 것이라 생각을 했다
누군가 구름을 잡아당기며
하늘 한 두레박 건져 올리던 때가 있었다

바깥의 우물은 점점 검게 변해 갔다

소문이 낮달을 불러 모의하던 날
우물의 문을 쾅 닫고
누군가 약을 치며 지나갔다

계절이 바뀔 때마다 파문으로 찾아오던
꽃잎 이파리 눈송이들은
다들 밖에서 무엇을 하고 있을까

모종의 눈빛을 흘기던 달빛 사이로 안개가 채워지고

별빛이 뚝뚝 떨어졌다

갓 낳은 핏덩이가 우물 속으로 던져졌고

밖에서는 전염의 혈관을 찾느라 분주했다


어떤 흉흉한 소문으로 바깥의 우물이

마르고 있는 것 같다

## 나비효과

나비가 꽃술을 떠날 때
파문이 일었다

바람은 잠시 숨을 참았고
별빛이 휘어졌다

사시나무는 영문도 모른 채
떨리기 시작했고

숲이
꿈꾸듯 부풀어 올랐다

지구를 짊어진 날개가
이렇게 가벼울 수 있다니

전생에 꽃을 이룩하지 못한 족속들이

이승의 궤도 안으로 건너오고 있다


우주의 한 모서리가

팔랑

# 구두는

구두는 사내의 비밀을 알고 있다

언제부터인가
출근하던 동선에서 벗어나
머뭇거리던 곳에서는 물비린내가 났다

지상으로 이어지던 보폭이
무겁게 기울어졌다
익숙한 길을 벗어나는 것은
구두 안쪽으로 깊어진 그늘을 받아들이는 일

비가 오는 날은 단지 습할 뿐
구름을 밟고 있다는 생각은 오래전 기억이다

물이 차가울 것 같아서

구두를 벗었다 신는 사내의 어깨 위에

내리는 저녁


무거운 구두를 끌고 가는 긴 그림자의 시간


바깥으로 비탈을 만든 말들이

구두 속에서 맴돌았다

버려지기 전에는 발설할 수 없는

# 구씨의 신발

신발은 옆방 구씨의 기울어진 생을

닮아 갔다

옆으로 쓰러지고 싶은 삶


길 위에서 뒷굽을 잃어버리고

옆구리의 상처는 아물지를 않았다

구씨의 마른손이 풀어진 끈의 매듭을 묶을 때

오늘은 정신줄을 놓았을까 가늠을 한다


언젠가 야산 나무 밑에서

몇 번을 망설이다 돌아온 날

묻혀 온 흙에서 피 냄새가 나 온종일 어지러웠다


몸에 붉은 부스럼을 긁다

겨드랑이가 간지러운

박혀 있는 돌멩이에 발길질을 하는

구씨의 몸을 계단으로 밀어 올릴 때

겨드랑이에 날개가 돋았다


가벼워진 구씨의 몸은 날 수 있을 것이다


멀리 하늘을 날아갈 때

구씨의 몸은 자유다

혹은

동어 반복의 용도 폐기이거나

# 잠수함

사 층 난간 사이로 떨어뜨린
신발주머니에 잠수함이 머리를 맞았다
신발을 찾으러 갔다가
수돗가까지 밀리며 따귀를 맞았다
반장 신발이라고 얘기하지 않았다
일상적인 일이어서 울지 않았다


얼굴은 왜 그러니?


싸웠어요.


엄마는 방 안에서 마늘을 까고
아버지는 술 마시고 들어와서 주무신다


잠수함이 때렸니?

엄마한테는 아버지가 잠수함이다


잠수함이 꿈속 깊이 있을 때 숙제를 하렴


교실로 걸어오는

창문 밖 반짝이는 잠수함

수면 위를 올라왔다 내려갔다 한다


나는 고무줄로 조준을 하다


차렷

이유 없이 맞는 달동네 친구들이 인사를 한다

안녕하세요, 선생님

# 천장

익숙한 장의사는 부드러운 칼로
종아리를 그으며 향을 피운다


먼 옛날 바다였다는 고원
바닷속 높은 산에서 독수리들은
비린내를 풍기며 온다


도려낸 발바닥과 허벅지


부리들은 따뜻하게 홍분되어 있다


소란한 제의에 의미 없는 살점은 뜯기고
살점은, 의미 있게 산 것들에게 넘어간다
차례를 기다리는 까마귀들

살점 하나 없는 갈비뼈를 통과한 고원의 바람은

속세의 땅에 비 한 방울 몰고 올 수도 있는 일이다


오늘을 궁리하며 앉아 있는 가족들은

치렁치렁한 의미들을 흘려보내고

그날 저녁 가벼운 식탁엔 살아서 배고팠던

목숨을 음미할 것이다


고원의 잿밥 앞에

하늘 독수리 까마귀 바람

컹컹거리고 싶은 말이 입안에 잔뜩 담겨 있는 개


소란한 레퀴엠이 돌고 돌아

오늘은 삶이 선택돼서 살아갈 것이다

살점을 뜯으며

# 착한 배달

배달 대행 전속력과
배달 대행 샛길이
의도 없이 만나서 배달을 가고 있다


1번 전속력이 같은 방향 좌회전을 돌자
2번 샛길 엔진을 쿨럭이며 속도를 내고 있다
다시 1번 전속력 도로로 먼저 진입하고
2번 샛길 신호를 무시하고 추월을 시도한다


전속력이
주문 후 15분 이내 도착이라는 슬로건을 내걸었다
도로에 여러 목숨 배달하고 난 뒤
샛길이
당신이 상상하는 그 이상 샛길은 가까이 있습니다
라는 문구로 사세를 넓혀 왔다

1번 전속력 정지 신호를 무시하고 달린다

2번 샛길 중앙선을 넘는다

방지턱을 넘을 때마다 목숨은 출렁이고

멀리서 속도를 부르는 소비자 환호한다

1번 전속력 사거리를 정지 신호에 무사히 지나가고

2번 샛길 꼬리를 물고 지날 때

우측에서 전속력으로 졸던 트럭

잠이 깼다

도로 위에 방금 도착한

목숨 하나

# 입주하기 좋은날

**1**

이별이라는 말 근처에는 어릴 적

벚꽃이 떨어지는 봄날의 오후가 있다

입주하기 좋은 날이기 때문이다


악착같이 붙어 있던 겨울을 버리고

엄마와 나는 빌린 리어카에서 잠을 잤다

해마다 벚꽃처럼 엄마는 골목에서 사라졌다

돌아오곤 했는데


소리 내지 않고 우는 습관은

그때 길들여졌다

울음이 터질 때쯤

엄마는 돌아왔기 때문이다

**2**

며칠 동안 연락이 없던 애인에게서 온 전화

마로니에 공원으로 가는 길

예감으로 벚꽃은 떨어지고 있었다


봄이라든가 찬란함

꽃이라는 말에는

밤에 소리 내지 않고 내리는 비

겨울의 웅크림

기다리던 숟가락 등이 생각난다


길 위에서 밟히는 이별들 익숙하다

# 자세

연기가 아닌 수증기라고

타이르듯 문구가 적힌 지하철 환기구 근처

카페에 그녀와 마주 앉았다

감정이 느닷없이 쏟아지지 않을 만큼의 자세로

얘기하자고 했다

어떤 놈팡이를 만나는지

나한테 그럴 수 있냐고 묻고 싶었지만

자세가 곧 물 잔을 들면서 제지했다

밖에선 수증기가 올라왔다

가끔씩 문을 열고 들어오는 사람들의 발자국 소리가

대화에 끼어들었는데 예정된 결론을

방해하지는 못했다

사랑, 책임 등 평소에는 거의 사용한 적 없는 단어를

몇 번 말하다가 지겨워졌다

당분간 섹스를 못한다는 사실에

머릿속이 하얘졌다

그녀는 그동안의 일들을 성의 없이 커피를 저으면서 말했다

돌이킬 수 없는 낙엽들이 연기처럼 날아다녔다

결론적으로

계산을 하고 커피가 맛없다는, 당시에는 추상적인 말을

직원한테 할까 하다가 그냥 나왔다

신발 위에 낙엽이 떨어졌다


지하철 계단에서 앞에 기는 여자의 엉덩이가

예쁘다는 생각을, 미친

전동차는 예정대로 왔고

나는 나 때문에 지구가 운행을 멈춘다거나

전동차가 연착을 한다거나

하는 생각을 해 본 적이 없다

중간에 전동차가 잠깐 흔들렸는데

자세를 바로잡았다

# 천막 위에 내리는 눈

컨테이너를 이어 주는

투명 천막 위, 내리는 눈 위에

고양이 발자국 찍혀 있다


밤새 서성거렸을 허기가 영역을 표시했을


눈은 내재율로 내려 다른 음역으로 건너간다는

음악에 겨운 사람들이

밥그릇을 걷어차는 고요한 부조리의 세계

끼니조차 얼어 버린

겨울왕국 어느 가까운 곳에서

사각사각 죽어 가는 소리를 들으며

컨테이너 밖과 안

눈 내리는 경계에서

빈 캔을 줍는 할머니와 고양이가

어두운 경계의 눈 속을 걸어가고 있다


자칫 아름다운

# 가난한 동네


이곳에서는 저녁 낮게 흐르는 구름도

혐의의 대상이었다

북서풍의 방향을 따라 만들어진

실체는 무엇이었냐고 형사는 구름의

인상착의를 물어본 후 돌아갔다


공개수배 전단지가 할인마트 전단지보다 흔한

골목을 놀아

구석, 경계의 눈빛인 새끼고양이는

자기 어미에게 참치 캔을 던져 준 사연이 있다는 것을

모를 것이다


화분에 매달린 풋고추 몇 개가 사라진 일을 두고

옆집 할머니는 나를 확신하는 눈치였는데

사실 몇 달 전 화단 빨갛게 익은 딸기 한 알

따 먹은 거 외에는 없었다

주머니에 약간의 돈이 필요한 사람들

세상에 상냥할 수 없는 얼굴은

나 혼자 만든 것이 아니다

상처를 깊이 들여다본 사람들이

스스로 상처가 되어 머무는 곳


새벽부터 불 켜진 창문들을 지나

연장가방을 들고 정거장으로 뛰어가는

사는 일 외에는 별로 할 일이 없는 동네였다

# 위독한 것들

가볍고 환하게 걸어 들어갔다


심연은 떠 있는 방

천장에서 파도가 너울거렸다


물이 차는 속도로 날개가 돋는

역설의 표정을 지어 보였다


날 수 있다는 생각도 잠시


차갑다는 느낌만


점멸하던 별들이 바다로 뛰어들며

빛을 버린다

나는 생의 목록마다

등을 보여 주었기에

등 뒤에서 모든 일이 이루어졌다


새가 아니어서 다들 등을 밀었다

별이 밀었다, 에도 혐의를 가지고 있다


불구의 새가 등 위에 내려앉는다

허기져 떨어진 곳이 표류하는 섬이라니


그리운 것들은 수면 아래에서

잠잠해진다


같은 체온으로 신음하는 새가

등을 물어 건져 올릴 때

마침내 날개를 달고


도착한 기슭

# 우편배달부

별로 우울해 보이지 않는 우편배달부 임씨는
반갑지 않은 소식이 담겨 있는 가방을 비워 내야
비로소 하루를 채울 수 있는 허기를 담고
삼선1가 골목 계단을 오른다

성북천변에서 바람을 과식한 하늘물고기가
뜬금없이 오리들에게 고함을 지르던
오전이 지나가고
이자독촉장, 공과금 납부 기한이
집집마다 채워진다

성곽 위 봄을 찍고 있는 사람들
꽃향기가 배경으로 잡힌다

당신은 정말 괜찮으세요?

누구 하나 물어본 적 없는 대문을 두드리다

돌아서는 봄


좋은 소식이 선을 타고 은밀하게 전해지는지

모르겠지만

쌓여 가는 빚처럼 우편함은 두툼해지고

그래도 어두운 방 안을 살짝 엿보고 싶은 햇살이

집집마다 돌아다니는


어쨌든 봄이 오고 있다

# 꽃사과나무

공장 창립 멤버인 꽃사과나무는

먼 이국땅에 와 잔업, 특근하며 알뜰히

돈 모으는 베트남 뚜언과 짜우

동료들과

하릴없이 며칠째 업무 시간에 나와 약 치고

풀 뽑고 떠난 만년 총무부장

성수기 지나면 사라지는 아웃소싱 직원들이

안쓰럽고 불쌍해서 올해에도

지가 관상용 본분임을 잊고

직장 동료들 맛있게 먹으라고 시고 떫고

갸우뚱한 꽃사과를

와글와글 많이도

달아 놓았답니다

# 어색한 걸음

한쪽 다리가 짧아

기우뚱거리며 걷는 모습은
보이기 싫어
춤을 추는 듯 걸었다

흔들리며 걷는 길

인상을 쓰는 일은
몹시 어색해서
웃었다

# 강아지풀

머리는 어디서 밀었는지

꽃도 아니고 풀도 아닌

까칠한 놈이 종아리를

툭툭 친다


깜도 안 되는 것

모가지를 따 인중에 살살 문지르는데

가을이 온다는 소문이

길가 낮은 곳까지 퍼져 있었나

떼로 몰려와

골목을 막아서고 있다


찔리면 가을 깊이 박히는

흉기 하나씩 들고

# 군무

노을이 허공의 배후임을 드러내는

저녁 무대

수만 마리 새들이 일제히 날아오른다

마치 한 마리인 듯 사선의 현을

팽팽하게 잡아당기는 순간

예상치 못한 선율의 방향

바람은 제 몸을 둥글게 말아서 불고

갈대는 아직도 목관악기처럼 소리를 낸다

느슨하다 모아주는 총주에선

궤도를 이탈하는 몇몇 음의 입자들을 덮어준다


곡선의 화음은 새들의 영혼이

원래는 하나였다는 증거


수평선이 두려운 조각배가

갈대 뒤에 숨어 엿듣고 있다

# 노가리

노가리가 입을 벌리고 있는 포차에서
그녀의 수심을 재고 있다
목소리가 점점 깊어지고 있는 그녀

많이 배워 놓고
일찍 해고된 사람을 뭐라고 부르는지 알아요?

노가리 머리를 떼어 내며 나는
먼 베링해를 생각했다

바다를 떠나면 물살은 이렇게 딱딱해지는 걸까

노가리가 입을 아아 벌릴 때마다
테이블 밑에서 소용돌이치는 바다

노가리가 왜 입을 벌리고 있는지 알아요?

세상에 너무 일찍 잡힌

아!

# 낙엽

비가 내리는 가을 오후엔

종이비행기를 접어 날려 본다

하늘을 향해 높이 던진 고운 손은

해맑은 웃음으로 다시 와 주길 바라지만

비행기는 멀리 긴원을 긋다

빨간 기와지붕 위에 젖어 내린다

비행기 날개에 빗물 자국이 빨갛게 물들면


인사해요

안녕 그대여

거슬러 올라가지 못하는 날개가

가을 골목을 돌아, 그대의 시간

따뜻한 지상 한 칸을 빌려준다면

잠시 머물던 선명한 자국

비 그친 오후의 햇살로

그대 가슴속 오랜 그리움으로

연착하리

# 개

개가 되려고 특별히 노력하지는 않았죠

바닥에서 올라오는 냄새에

침만 흘렸을 뿐인데 말입니다

바닥에 몸을 깔고 바라보는 거리는

직립의 세상과는 사뭇

다른 표정이었죠


웃을 수 없는 안면근육이

불편하긴 합니다만


함부로 차는 발길질마다

이빨을 드러내 보이며 두려움을 감추었다


비명보다는 짖는 것이 개답다

느낄 때쯤

날카롭게 솟아나는 송곳니

엄마의 가랑이 사이로 숨던

개, 새끼들을 물어뜯을 때 사용하던

아버지의 아름다운 송곳니처럼


혈흔 남아 있는 빈방에 돌아와

누군가 피의 유전을 묻는 밤


변태가 추상이 아님은

바닥에 누워 보면 아는 일

# 그해 서울역

막차가 떠난 자리

첫차와의 시간 사이엔

포르말린 냄새가 났다


수척해진 상처를 뜯어

사랑을 흥정하는 사내의 어깨엔

연장가방이 코스모스처럼 흔들렸다


삐걱거리는 계단을 오르다

창밖으로 이어진

지상에서는 놓쳐 버린

페르세우스 별자리로 떠나는 열차

푸른 안개를 연료 삼아

긴 하품처럼 사라지는 페르세우스 열차에는

자신의 연장으로 메두사의 머리를 자르고

공주를 구하러 떠나려는 사내들로

붐볐다


301호


아저씨 바지만 벗으세요

3부

시를 찾아서

―

"시"인 동네 "시"마을

"시"공간 "시"와 경계

동네 방방곡곡 경계에도 발 디딜 틈도 없이

"시"는 많은데 난 왜 찾을 수 없나

―

# 그날

세 개의 계단을 올라

저녁이 다락방 창을 통해 들어올 때쯤엔

쥐들이 달그락거리는 소리와 함께

부엌에서 엄마의 된장찌개 끓이는

냄새가 바닥 환한 틈 사이로 들려오곤 했다


마징가며 태권V, 싸움을 붙이다

싫증이 나면 잠이 들곤 했는데

오늘은 수돗가로 걸어가 하루 종일 아무것도

먹지 않고 서 있는 누비가 걱정돼 잠이 오질 않았다

할머니는 누비가 곧 죽을 것 같다고

엄마에게 말하는 소리를 들었다

된장을 풀고 감자를 넣고 돌아서서

계란말이를 만들기 위해 계란을 돌돌 마는 모습도 들렸다

나갔다 들어오면 이유 없이

때리는 형 때문에

사각거리는 소리 외에는 아무 소리도 없는

다락에서 몇 시간씩 숨어 있곤 했다


그날 엄마는 밥을 지어 놓고 저녁예배를 드리러 갔고

할머니는 아프신지 나를 찾지도 않고 주무셨다

형은 오질 않았고

나는 밥을 먹고 다시 올라올까 생각을

했지만 포기했다


창문 밖으로부터 숲속의 소리가 들려왔다

애기 울음소리

윙윙거리는 소리

안개가 넘쳐흐르는 소리


부엌에는 귀신이 산다는 말을 들은 기억이 있어서

창문을 닫고 형이 밥을 먹고

방으로 들어가는 소리를

이상한 냄새를 맡으며 기다리고 있었나

어두운 수돗가엔 아직도 누비가 꼼짝하지 않고 서 있었다


구슬 속에 요괴가 있다고

친구들의 구슬을 뺏은 일이 미안해졌다

어떤 냄새가

다락방을 채우기 시작했는데

창문에는 요정들이 달라붙어서

날개를 몹시 흔들어 댔다

환해진 마당에서 누비가 꼬리를 흔들며

날아오고 있었다


요정들이 뒤를 따라오는 모습은 예쁘다


동네 사람들이 누군가를 둘러싼 마당을 가로질러

누비를 타고 붉은 기와지붕 위를 지나왔다


어디선가

사각거리는 소리

된장찌개 끓는 소리

요정들의 날개 소리

태권V 날아가는 소리

# 도봉면허시험장

밤새 웅크렸던 자세로는
반올림에 닿을 수 없다


조금씩 풀어지던 나사
활대는 사라지고
면허를 따기 위해 진입하던 신호에선
불협화음 울려 댄다


목적지가 있는 정류장
피아노벽 아래
삶의 면허를 따지 못하고 누워 있는 사내


겨울, 뒤척이던 꿈들 사이로
운전면허 주행 차량은 지나가고
갈라진 뒤꿈치 위로 햇살이 내리고 있다

언젠가는 면허증을 가지고

직진과 좌회전 신호를 받으며 달리다

가고 싶은 바다

바람의 활대로 반올림 올려서 닿는 파도


아직은 침낭이 따뜻한

수척한 해안선이 출렁이고 있다

# 화양연화

**1**

떨어진 꽃이 만발했던 한때를

기억하고 있다

가장 아름다운 순간을

무덤에 봉인하면

피안의 어느 계절에서

다시 피어날까

**2**

꽃무늬 원피스를 입고

계단을 내려가던 그녀가

위태한 각도로 서 있다

손 내밀면 닿을 것 같은

시간을 꺾고 싶어


흔들리는 꽃 한 송이

# 풍천장어

그믐의 향연은

해류를 타고 사라져 갔다

입이 사라진 어미는 아무런 안부도 전하지 못했다


어미가 살아 돌아온 그날

낯설고 먼 현기증으로

나의 몸속에는 고통스러운 거리가 새겨져 있다


바람이 물결을 만들며 지나가는 풍천


하구에는 어미를 잃고

돌산 중턱으로 밀려오는

어린 소년이 있었다

다른 기압골의 냄새로 소년은

펑펑 울었을 것이다

아름다운 어미는 잠깐이었다


민물에서는 어미가 살던 주소
퀴퀴한 비린내가 났다


깊은 바다에서 홍조를 띠며
너울음악에 맞춰 춤을 추던


달빛 하나 없는 그믐


어떤 기억이 이곳 어귀까지 밀려와
사슬처럼 엮어 놓는지


바람이 몸을 밀며 지나가는

# 어두운 달나라

쓰레기 더미 위에서 하루를 보낸 아이들이
무너진 집들을 헤치며 돌아오고 있다

라라라

접근 금지라는 주홍 글씨 위로
달이 잠시 머뭇거리는 동안
멀리서 폭죽처럼 터지는 부탄가스

엄마 불꽃이 안 보여요

애야 달을 유리조각에서 뽑아 보렴

잘려 나간 달의 측면에서
아이들의 노랫소리가 들려온다

둥글게, 둥글게

무너져야만 벗어날 수 있는 집

경계에서 아이들이 유리조각을 손에 쥐고 있다

사라지는 집들

멀리서 보는 폐허는 아름답다

달의 어두운 측면에서
아이들이 자라고 있는

# 일반적인 질문

허공을 바늘로 찌르면
시간이 튀어나와서 지나갈까요

비가 오면 마음의 질량이
무거워집니까?

그녀는 왜 안 오죠?

빨랫줄에서 속옷이
비를 받아들이는 무게로
오후는 휘어집니다

중심에 도달하는 일은
타인의 무게로 가라앉는 일
맞습니까?

그녀를 기다릴수록 시간은 늦게 갑니다


빠르게 도착할 것이라는 예측은

그녀의 중심에 가속도로 달려가고 있다는 증거


그녀가 버스에서 폴짝 뛰면

맨 뒤 칸으로 가 있을까요?

심심해서 괜히 하는 소리입니다


제 무게를 버리고 다가가면

우주까지 멀어진다는 법칙이 있습니까?


사람마다 다르다고요?


집의 중력이 다시 끌어당기는

심하게 휘어지는 저녁입니다

# 실러켄스*

오래전

지느러미를 가지고

뭍으로 망명을 시도한 적이

있었던 것 같다


꿈틀거리는 뼈


먼저 도착한 양서류들이

태양의 궤도를 벗어나 걷는 동안에도

경계에서는 화약 냄새가 났다

수억 년을 헤엄쳐 기어오른 뭍


사족보행이

피 흘리는 노을의 모퉁이를 돌아설 동안

뭍에 잠시 표류했던 종

행성의 사이를 떠도는 역마의 자세로

뒤뚱하게 길 위에서 소멸되는 걸음이었다


이제는 심해라도 흘러가고 싶은 심정이

지층에서 굳어 갈 때

화석에서 나는 비린내


다리를 부들거리며 튀어 오르다

바다로 흘러갔다는

행방불명만 무성한 소문이었다


어쩌면 들을 수 있었던

다른 주파수의 울음이

심연 어느 모서리를 유영하다가

낡은 그물로 건져 올린

3억7천만 년의 패망하지 않은 별빛이었다


그는 멸종되지 않았다


\* 살아 있는 화석이라고 불리는 실러켄스목 어류의 일종이다. 3억7천만 년 전에 등장했으며 대략 7천만 년 전에 멸종한 걸로 알려졌으나 1938년 아프리카 남부 연안에서 살아 있는 실러켄스를 잡았다. 실러켄스가 살아 있음을 확인한 것은 "20세기 고생물학계의 가장 위대한 발견" 중의 하나로 평가받고 있다. 수중에서 육지로 다시 바다로 진화를 거듭한 사족보행의 단서를 찾을 수 있는 종으로 평가받는다.

# 담쟁이

여자의 비명 소리 들리다 사라졌다

남자의 술 취한 주정

함께 사이렌 소리에 실려 갔지만

영문도 모르는 담쟁이는

들릴 듯 말 듯 내밀한 벽 안쪽이 궁금해서

살금살금 한 뼘씩 귀 기울였다

더 이상 밥 짓는 소리도

찌개 끓는 소리도 들리지 않았다


간신히 붙잡고 있었던 생의 맥락


작은 모퉁이 도는 일조차 허락하지 않았다

벽 안팎으로 자리 잡았던 당신이나 나나

생의 어느 시점에

기억조차 희미한 가느다란 목숨

붙잡고 있었던 때 있었다

# 실 직


한 끼를 해결한 고양이 가족이

주차장에서 놀고 있다

어미가 꼬리를 흔들 때마다 가르릉

달려드는 새끼들


지금을 위해서 햇살은 꾹꾹이를 해 주고

주차장은 비어 있다


생각은 어쩌면 불필요하다는 것을

고양이 가족을 보며 생각한다


멀지 않은 곳에서 진입하는 바퀴는

단지 미래일 뿐


부풀었던 식탁에서 내려와

소화되는 시간만큼

나른한 오후가

지상에서 가장 행복한 얼굴로

저물어 간다


어둠을 틈타 또 한 끼를 찾아 나설

고양이 가족의 수염을 만지며

노을이 표정을 감추고 있다

내일의 기약은 하지 않는


목숨은 그들에게 늘 한 끼다


그까짓 것,

# 숨바꼭질

벚꽃 구경을 가자는 그녀를 따라
진해도 아니고 여의도도 아닌
우이천변을 걸었다

끝이 훤히 보이는 빈약한 길 가장자리
최선을 다해 피고 있는 벚꽃

징검다리 돌 하나가 사라진 개천을
아이들이 멀리뛰기로 지나가고

한 시절을 건너온 사람들은
지금이 절정이라는 듯
벚꽃 앞에서 웃고 있다

사진을 찍어 달라는 그녀

엄마 조금만 더 웃어 봐


간신히 이승으로 건너오고 있는 꽃망울 밑에서

셔터를 누르는 사이 엄마를 찾을 수가 없다


꼭꼭 숨어라


가장 환한 저기 한 점 꽃

# 미담이 있는

**1**

아름다운 이야기가 있는

숯불구이 집으로 오세요


예약은 000-0007


직원 및 알바 구함이라는

현수막이 펄럭이고

대기 손님은 입구가 비좁다고

투덜거린다

아름다운 이야기를 듣고만 있어도
직원이 채용되고
알바가, 너무 아름다워서 귀찮다는
표정으로 아름다운 이야기를 구석으로
안내한다

여기 아름다운 부위 삼 인분 주세요

아름다움을 익히다 너무 웃으면
탈 수도 있으니 풉, 정도 됐을 때
뒤집으셔야 됩니다

밖에 계신 단체 아름다움은 이 층
예약석으로 올라가시면 됩니다

저런

오늘 한정품 특별 아름다움은 품절입니다

풉,


**2**

권리금이 없어야겠다는

전화를 받은 후

사다리 위에서 비뚤어진 간판을

고치고 있다

불 켜진 미담 위로

노을이 표정을 감추며 건너가고 있다

# 달걀

오뉴월 바람에도 이불 덮어 주던
새벽녘 품속

달빛도 멀리서 눈웃음만 짓고 가는

아침이면 부엌에서 아버지만 챙겨 주던
보약이라고 믿었던

울먹이며 전화한 시집간 막내딸에게
깨질까 노심초사 찾아가는 노모의
덜컹거리는 마음이
서울까지 긴 꾸러미로 이어진

둥글게 잘 살아야제 암만

# 가을의 행방

밑둥치 잘려 나간 신갈나무
자신의 속살을 드러내 보이고 있다


이제는 행방을 알 수 없는 바람의 기척과
새들의 발자국
흔들렸던 생의 안부가 적혀 있다


겨울을 지날 때마다 한 겹씩 껴입었던 외투의 내부로
수로를 따라 이어지던
초록의 기억들은 무성했을까


몸으로 그늘을 만들었던 여백엔
구름이 난독의 눈빛으로 지나가고 있다

오래 우두커니 서 있었다는 것

짧은 생들이 자신의 발밑으로 바스락거리며

지나가는 걸 보고 있었다는 것


당신이 그리울 수 있다는 시한부의 표정으로

오래전에 떨어진 낙엽이

몸을 뒤척이고 있다

# 무거운 신발

벼룩시장에서

중고 신발을 사서 신으려는데

피가 묻은 흔적이 보였다


단돈 삼천 원에 사려던 신발의 내력이

아니 그 절벽이 스쳐 지나갔다

신발을 가지런히 모아 놓고

순비된 심호흡으로 천천히 걸어가던 길은

아니었으리라, 하는


신발을 신고 아파트 18층 꼭대기로 올라가려는데

그럼 이천 원만 달란다

천 원의 에누리에도 신발을 선뜻 사기에는

어딘지 신발은 누군가의 영혼을 담고 걸었을 것이라는 생각

어쩌면 떨어지던 비명이 천천히 신발 속으로

흘러들어 가다

벗어 버린 몸을 기다리고 있을지도 모른다는 상상


무겁게 걸어왔을수록 헐값에 팔리는 벼룩시장


나보다 더 무거워 보이는 신발을 끌고 온 사내

신발의 가격을 묻는다


싸게 파는 겁니다

이 무게

# 목재소 최씨

신갈나무 밑둥치 잘려 나간 둥지에
울음을 새겨 넣은 후, 합장하듯
부리를 모으고 새는 날아갔다

목재소 최씨가 사라진 지 삼 일이 지났지만
행방을 아는 사람은 아무도 없었다
폭우가 내리던 밤
샛강 속에서 자주 부르던 노랫소리가
숲으로 흘러갔다는 소문만 무성했다

오래전 왼쪽 손목을 잃고 떠난 최씨가
다시 돌아온 건 1년 전 여름
몸이 기억하는 수많은 이파리
그리운 흔들림
소란스러운 둥지를 만들고 싶었던 최씨

한쪽의 날갯짓으로 작은 목재를 베며

뭉쳐지지 않는 나무의 비명을 쓸다

사라지는 것들은 마지막 노래를 나무에다

숨겨 놓는다는 것을 알았다


유언 같은 나무를 톱으로 커면

숲속에서 들려오는 계절

살아 있는 것들의 안부


저녁 무렵

모퉁이에서 들리던 최씨의 노랫소리는

지금은 어딘가에서

먼 과거를 돌고 있을 것이다

# 늙은 리트리버

고장 난 잠 속으로 오후가 파고든다
시각장애인을 안내하던 기억이
아직은 코끝을 경직되게 만들지만
빠진 이빨 사이로 나른한 침이 흘러나오는 건
어쩔 수가 없다

평생 구박을 받으면서도
밥때를 꼭꼭 챙기며 끌고 왔던 목숨
"나가 뒈져라" 하던 그날
서방이 교통사고로 세상을 떠났다

젊음이 조심스럽게 계단을 내려가고
호기심이 지나치는 정류장을 바라본다
길 위에 떨어진 음식의 유혹은
나무라던 과거를 떠올리게 한다

오후를 빠져나오는 할머니 등 뒤로

리어카가 보이면 꼬리가 흔들린다

리어카에서 하루를 주워 모은 파지를 비워 내면

비로소 본색을 드러내는 노을


저녁이 위로하고 싶은 표정을 지으며

마중을 나오고 싶겠지만

굳이 그럴 필요는 없다

# 밴드

대류의 실수가 회원 팔만 명을 돌파했다
블루투스 4.2채널을 초특가로
두 번의 기회는 없다 이벤트

"최고예요"

누군가 세상에 나쁜 개는 없다 페이지를
구독하고 있는

빵빵한 미시들의 천국이 있다

"좋아요"

당신의 댓글에 재미있어요
표정을 짓다가
다음은 미아사거리역입니다

어딘가에 묶여 있는 사람들이 들어오고 나간다


꼬꼬마 스티커가 무료라는 사회주의적 발상


당신은 지금 행복하십니까?


행복의 길잡이 도서출판 m에서는 밴드 개설 기념

2월 한시적 50% 할인 대축제를 하고 있습니다


행복은 점점 비싸지는데

도서출판 m에서 할인을 받으세요

조별 과제에 합평을 남겨 주세요

선생님 관심 있게 봐주셔서 고맙습니다

차를 구매하지 않고

쌤의 글은 조금 단조로운 측면이 있습니다

등산장비는 여기서

이번 달 말까지 합평 올려 주세요

밤이면 고개 숙이는 중년 남성들의 희소식

망치 들고 철학하기

구매보다는 구독이 대세


"좋아요"

"재미있어요"

"최고예요"

"화났어요"

# 다시 봄

낮 1시를 지나는 차창 밖으로
봄이 오후를 집중하고 있다
되풀이되는 내력이 어디에선가
피어나고 있을

자전거는 지난겨울의 침묵을
돌아가는 바퀴, 햇살로 풀어내고 있지만
시소가 혼자 서 있는 배경은
조금 쓸쓸하긴 하다

빈자리에 어느새 앉아 있는 봄
이번에도 무슨 다정한 이야기를 기대한다면
나의 저항은 졸음뿐이다

# 볼링 배우기

스폿을 과녁으로 삼기까지 삼 개월이 걸렸어요

무심한 척

쓰러뜨릴 수 있는 방법에는

시선과 자세가 중요해요


어깨에 힘을 빼세요

처음부터 중앙을 공격하세요

있잖아요, 핀에도 감정이 있어요

중앙이 무너졌는데 그까짓

발가락이 중요하겠어요

부드럽게 라인을 타세요

직선으로 들어가지 말고

감정을 휘어 보세요

오른발 왼발 오른발 왼발

어쩌면 한 방에 무너지고 싶은


스트라이크

# 시를 찾아서

시를 찾으러 나선 날
비가 내린다
시를 꼭 찾아야 했기에
보이는 것마다 "시"자를 붙이기로 한다

"시"덥지 않은 날 내리는 비
문장이 문장을 지우며 페이지마다 빼곡하다

페이지는 대지를 상징하는 "시"적 은유이다
상투적이라느니
같은 말이지만 클리셰 하다느니 "시"비를 걸면
화자의 마음을 나타내는 메타포라고 우기면 된다
"시"인들은 시끄럽다

"시"완 레코드사에서 발매하는 아트락은
현실적인 비와는 어울리지 않는다

단지 "시"를 쓰기 위해 아무 개연성 없는

위와 같은 문장을 비문이라고 한다


"시"가 있기는 한 건가


버려진 가방이 비에 젖고 있다

가방을 열면 토막 난 그늘이 튀어나올 것 같은


아니다

그냥 남의 골목에 버린 가방일 뿐이다

가방에 "시"적 혐의는 없다


다시 "시"작하자

오늘도 누군가 배회했을 골목에

저녁의 감정을 담보하며 비가 내린다

하나, 둘 돌아가 등을 돌려 눕는 불빛들

길 위에서 길을 묻는 신발들은

또 얼마나 축축한가


어디서 많이 본 듯한 문장이다


"시"인 동네 "시"마을

"시"공간 "시"와 경계

동네 방방곡곡 경계에도 발 디딜 틈도 없이

"시"는 많은데 난 왜 찾을 수 없나


서역으로 "시"를 구하러 떠난 젊은 "시"인은

태풍으로 돌아올 발이 묶였다는데

아파트 단지 안에,

비를 맞으며 기우뚱 서 있는 "시"소는 불구다

잠시 떠 있는 웃음이나

같은 무게의 울음으로 내려앉을 때

"시"소의 공식은 완성된다, 라는 마지막 진술을 들고

"시"는 밥이 될 수 없다는 균형감각으로

끼니를 챙긴다

오늘 배만 고팠다


"시"발

# 가을이 온다

증세를 보자며 촬영부터 하자고 했다

겨우 발랄이 붙어 있다고 말하는 의사

모든 기슭은 당분간 조심하는 것이 좋다고

삼 일치 처방전을 지어 주었다


매일 식후

햇살 두 스푼 정도에

바람을 잘 섞어 복용하라는 내용


바람을 과다 복용하면

멀리 가고 싶은 생각이 들거나

아내가 오해할 수도 있으니

집 근처 담장 밑이 적당하다는 주의사항과 함께

걷기 운동을 권유했다

노을에도 마음이 베일 수 있으니

되도록 외출을 삼갈 것


낙엽 타는 냄새를 맡을 때

불조심을 생각할 것


악담하면서 혼자 웃기 등

지켜야 할 것도 많았다


가을은 오는데


쓸쓸은 완치가 안 되는 병이라서


다만 피하고 싶은

# 모래시계

어제와 똑같은 오늘이
오늘과 똑같은 내일이
반복되고 있다


무게를 못 이겨 비명을 지르고
싶을 때쯤 뒤집어진다


저녁의 그림자가 자세를 낮추며
창백한 표정을 지어 보였다


모의를 꿈꾸던 시간들이
생각을 부풀리는 사이
오늘이 뒤집어졌다

어둠을 섞어

째깍째깍 내일로

내가 쏟아지고 있다


밤의 질감으로 체위를 바꾸며

둥글게 쌓여 가는 초침들

# 벽

빈 벽 속에는 오래된 우물이 있다
동그란 어둠 속에서 길어 올린 울음이
슬하를 거느리던 시절이 있었다


언젠가 억척스러워 보이는 벽
나는 납득되지 않는 벽을
쿵쿵 쳐 보기도 했다


어머니는 쓰러지셨다


대못 하나 붙잡을 수 없는 벽은
점점 야위어 갔고
갈라진 틈에서 지난밤의 울음소리가 흘러나왔지만
겨울을 통과하는 바람의 은유쯤으로 생각했다

어느 날

벽에 있던 못을 뽑아 들어간 벽 속에는

우물 안 가득

넘치지 않는 피가 고여 있었다

# 돌멩이국 만드는 방법

대략 3천만 년쯤 된 산전수전 다 겪은 돌멩이를 구해야한다.

번거로운 일이긴 하지만 가장 중요하고 핵심적인 요소라서 신경을 써야 한다.

요즘은 개울가 말고도 공사장 주변이나 공공기관 조경수 근처에서 구할 수도 있다.

크기는 손바닥 안에 들어오면서 약지손가락 두 번째 마디를 넘지 않는 것이 좋다 냄비 대비 크기, 무게 등 평균적인 활용성을 감안했다.

되도록 반들반들하고 모나지 않아야 한다.

모난 돌은 잘못 사용하면 풋내가 날 수 있고 짱돌로 찍어버린다, 라는 원시적인 쓸모가 있기 때문에 가급적이면 사용하지 않는다.

설명이 길어졌는데 중요한 부분이어서 그러니 이해하리라 생각한다.

이제 본격적으로 시작해 보자 우선 구해 온 돌멩이를 끓는 물에 넣어 한 번 우려낸 다음 흐르는 물에 잘 씻어야 한다.

돌멩이가 무취하다는 생각을 하는 사람이 있는데 수천만 년 바람과 번개가 지나간 냄새도 있고 추운 밤 뭇 별들이 멀리 가지 않고 지구에다 오줌을 눈 냄새들도 섞여 있어서 위생상 끓는 물에 3분 정도 우려내서 재료 옆에 놓아두면 된다.

그럼 콩나물을 이용한 맑은 돌멩이국을 끓여 보자.

준비할 재료로는 콩나물 200g, 대파 조금, 마늘 2쪽, 소금 약간, 멸치 3~4마리, 다시마 2조각 먼저 멸치 3~4마리와 다시마 2조각을 넣어서 육수를 만든다.

끓기 시작하면 약한 불로 줄여서 8분 정도 더 끓이고 육수 건더기를 건져 낸 다음 콩나물을 넣는다.

여기까지는 대부분 아는 내용이라 쉽게 할 수 있겠는데 이때 가장 중요한 돌멩이를, 콩나물을 넣은 후 정확히 35초 후에 넣어야 된다.

앞뒤로 1초라도 편차가 생기면 이건 콩나물국이지 돌멩이콩나물국이 아니다 또 주의할 점은 돌멩이를 넣을 때 콩나물대가리가 돌멩이에 눌려서는 안 된다.

끓고 눌리는 이중의 고통으로 스트레스를 받아서 탁한 거품을 게워 내 맑은 돌멩이콩나물국을 얻을 수 없다.

뚜껑은 열어 둔 채로 끓이는 것이 좋다.

준비한 대파 넣고 저며 썰어 놓은 마늘 넣고 소금으로 간을 한 다음 7~8분 더 끓인 후 그릇에 담아서 식탁으로 옮겨 오면 된다.

돌멩이는 국사로 건져 개수대 받아 놓은 찬물에 담그면 된다.

간혹 가족이나 친구가 뺏어 먹으면서 어? 이거 콩나물국이네 해도 기분 나빠하지 말고 그러려니 하는 것이 좋다.

섬세한 미각은 아무나 있는 것이 아니다.

다음 시간에는 난이도가 높은 돌멩이부대찌개를 설명하겠는데 어려우니만큼 돌멩이의 컨디션이 최적의 상태인가를 먼저 확인하고 재료 준비를 부탁한다.

수업 전에 누가 돌멩이라면 끓이는 방법을 문의했는데

요리도 아니지만 식탁에 등장하는 빈도는 높은 거라서 잠깐 설명하자면 늘 라면 끓이는 방식과 똑같다.

돌멩이만 물 끓는 중간에 넣으면 된다.

맛이 심심하다는 사람들이 있는데 아마 돌멩이가 MSG를 중화 시키는 것은 아닌가 하는 가설이 지금 과학자들 사이에서 연구 중이다.

상식적인 결과를 바랄 뿐이다.

수업을 마치면서 사담이지만 주위에서 의심의 눈초리를 보내는 사람들도 많은 걸로 알고 있다.

모든 진실은 불의의 견제와 외로움이 따르기 마련이어서 그냥 뚜벅뚜벅 걸어가면 된다.

30년 경력의 어떤 오디오 애호가는 스피커 받침으로 10원짜리 대신 100원짜리로 모퉁이를 받쳤더니 소리의 변화가 360원 이상 차이 난다고 엄청 흥분해서 쓴 글을 어느 잡지에서 본 적이 있다.

그런 섬세함과 집요 비슷한 것이라고 생각하면 된다.

# 구름

바람을 이식한 문장

발붙일 수 없는 허공에서

난독의 자세로 춤을 춘다

입장료 없는 공연이지만 관중은 없는


언젠가 빨랫줄에서 날아간 치마가

펄럭일 때

한 글자 한 글자

지상에 물방울로 내려와 돌려준 적도 있다는데


스스로 사라져야만 보이는 유성의 꼬리라든가

별들의 궤적

공원 앞

사탕을 사 달라고 조르는 아이에게

가만히 다가와 쥐어 주는

구름풍선 같은

# 소시민

불꽃이 밀어낸 바람의 주름이
가벼운 몸을 들어 올린다

저 서늘할 것 같은 중심에는
도달해 본 적이 없는 꿈이 있다

도달해 본 적이 없어서 꿈이라는 긍정
체중을 줄이는 일은 숙명이거나 습관이라는 의미

성냥을 훅 그을 때의 시점엔
온갖 투신하고 싶은 색채로 환하다

흔들리다 허공에서 사라진다는 것
지상에 소리 없이 엉겨서 가라앉는다는 것

불꽃은 울음소리를

들려줄 것이라는 두려움을 동반한다


다행히 점화 최초의 시간에는

익숙한 바람이 먼저 와 등을 미는 것이다

# 성냥

가지런히 누워 있는
나무의 뼈가 빼곡하다
한때는 무성한 잎 사이
맨발로 지나가는 새들을 불러 모으던 기억
몸에 와 닿는 바람의 체온

가슴은 아직도 둥글게 부풀어 있다

해가 지는 쪽으로 걸음을 옮기다 도착한
비좁고 어두운 방
이승에서 감행할 마지막 도발을 꿈꾸며
몸을 뒤척이고 있다

언젠가 제 몸 확 불 질러 사라지는 날
어쩌면 다른 생에서 피고 있는
꽃일지도 모르겠다